Même les roses
blanches ont des épines

Même les roses blanches ont des épines

Les Libellules d'Ohrid
Lettre 2

Flore Avelin

Couverture : Benoît Crépin et Sébastien Poulmane

© 2017, Flore Avelin

Éditeur : BoD-Books on Demand, 12/14 rond-point des Champs Élysées, 75008 Paris, France

Impression : BoD-Books on Demand, Norderstedt, Allemagne

ISBN : 978-2-8106-1193-5

Dépôt légal, 1ère édition : août 2017
2ème édition : octobre 2018

À ma Muse…
Puisses-tu ne jamais cesser de m'inspirer.
Tendrement.

Catherine,

Ma Belle, mon indomptable… Cela fait si longtemps maintenant. Des mois et bien plus que je n'avais pas repris la plume, pour toi. Le temps a filé, les jours ont passé depuis mon texte et ta réponse. D'heure en heure, un mois, puis six, et douze. Plus d'un an déjà, tout est différent et pourtant sur le fond, rien n'a vraiment changé. Tu ne crois pas ?

La dernière fois que je t'ai écrit, j'avais repensé à ce jour-là, à Paris. À ton dernier sourire derrière le volant, au regard pétillant de ton amie, au tien, brillant, perçant, brûlant. Me brûlant. Et j'avais marqué cette scène comme notre dernière entrevue. Seconde et pourtant dernière. Le destin devait-il être à ce point cruel pour t'avoir mise sur ma route puis pour te retirer à moi si tôt, si vite ?

Mais c'était évident pourtant. Ce devait être la dernière fois. Il n'y avait aucune raison qu'il en soit autrement. Toi, si belle, impétueuse et si sûre de toi. Moi, tremblante, accrochée à ton sourire, incapable de me soustraire à cette incroyable attraction que tu exerçais sur moi. Mais nous n'avions rien en commun et de nouveau j'étais invisible. Alors c'était fini, pour de bon.

Et j'ai écrit, pour le dire, le confirmer, clore ce trouble qui jamais n'aurait dû naître en moi. J'y croyais, impossible qu'il en soit autrement. Plus rien ne me ramènerait à toi, jolie Catherine. J'étais plus forte que ça, que toi. Je le voulais en tout cas.

La nouvelle envoyée au journal pour lequel je travaille, une copie en longue lettre postée pour toi, le temps s'échappait et moi, le souffle coupé, j'attendais. Plus d'un mois à manquer d'air, par ta faute ou la mienne, je ne le saurai jamais. J'avais écrit pour te faire mes adieux et pourtant, bêtement, l'espoir venait hanter mes nuits. Comme pour refuser l'inacceptable et pourtant si probable, il restait là, tapi dans un coin dans mon esprit, à m'assommer de ses mensonges. Il voulait une autre histoire, une où tous ces mots, jetés sur le papier comme on lance une bouteille à la mer, auraient pu réussir à atteindre ton cœur de glace. J'ai attendu et attendu encore. Tout ou n'importe quoi. Un mail, des fleurs, une lettre ou un appel, mais rien ne venait me sauver. Les jours passèrent et j'en venais même à espérer ta colère. Si tu avais crié, accusé, si tu t'étais offusquée, m'accablant d'avoir trahi quelque chose, cela aurait au moins signifié que c'était important. Ton silence était un poison qui se distillait dans mes veines, ton indifférence me tuait.

Mon esprit à la dérive ne parvenait pas à se fixer. Il me ramenait toujours au même insoutenable constat : tout était fini avant même d'avoir commencé.

Au journal, on me félicita pour cette nouvelle poignante que j'avais signée pour eux, pour le concours idiot de l'été. Collègues et patrons vantèrent mon style et saluèrent mon imagination débordante…

Tu parles… Tu sais comme moi que je ne méritais pas vraiment ces louanges. J'étais, au contraire, totalement dépourvue d'imagination. Quant à mon style, il n'existe sûrement pas, ou pas sans toi. Il n'est rien de plus que l'expression du trouble immense dans lequel tu m'as jetée. Il est ma fosse aux lions.

Vois-tu, belle Catherine, à l'époque, j'ai brièvement culpabilisé en déposant le texte sur le bureau du rédacteur en chef. Je me disais que peut-être, tu aurais dû en être seule lectrice… Mais ton silence me fit bien vite changer d'avis. Parce que moi, j'étouffais. J'étais asphyxiée par tout cet amour. Je voulais l'extraire de moi, l'extraire sans qu'il disparaisse. Je voulais qu'il quitte mes entrailles et qu'il me laisse en paix. Mais je voulais qu'il existe encore, quelque part. Qu'il trouve une attache ou un écho. Qu'il résonne aux oreilles de quelqu'un aussi fort qu'il se fracassait dans ma bouche. Puisque ça ne devait être toi, alors qu'importe. Il trouverait sûrement dans l'anonymat quelqu'un qui saurait le comprendre.

Durant ce temps où tu m'ignorais, on me fit parvenir la lettre d'une lectrice, à peine plus jeune que moi. Elle m'écrivait que cette immense lettre ouverte lui avait donné le courage dont elle manquait depuis longtemps, le courage d'en écrire une pour faire ses aveux à la femme qu'elle aimait secrètement. C'est un peu grâce à elle que je reprends la plume pour toi aujourd'hui. J'ai reçu un autre courrier de sa part, il y a deux semaines. Elle m'y annonçait se préparer à fêter son premier anniversaire de couple avec son amoureuse. Elle m'en remerciait et me souhaitait le même bonheur. Tu me diras que je suis trop fleur bleue, c'est sûrement vrai, mais j'ai essuyé une larme en lisant son mot. J'étais heureuse de cette belle nouvelle. Et triste qu'il n'en soit pas de même pour toi et moi.

Oh, en vérité, cette lectrice n'est pas seule responsable de l'écriture de ceci. De toute façon, chaque fois que revient l'été, je replonge dans les souvenirs de notre rencontre. Comment faire autrement ?

Mais je m'égare, Catherine, c'est un des effets que tu as sur moi, reprenons là où nous en étions. Revenons à moi et mon cœur en miettes, un peu plus d'un mois après t'avoir posté cette longue lettre.

J'avais fini par cesser d'attendre cette réponse qui donc ne viendrait pas. Je me faisais difficilement à l'idée, mais avais-je réellement d'autres choix ? Je ne pouvais tout de même pas cesser de vivre… Et puis, à continuer de me traîner ainsi sans but, je risquais fort de faire perdre patience à Nathan.

Nathan, c'est le garçon qui m'avait accompagnée à Paris, ce jour où tu piétinais mon cœur déjà sacrément amoché. Je n'évoquerais ici que vaguement mon histoire avec lui, elle ne te regarde pas. Tu ne sauras donc que ce qui est absolument essentiel.

Nathan me pardonnait tout. Mes humeurs et mes larmes. C'était à la fois très sérieux, sans l'être vraiment pour autant. Sans toi, ça aurait sans doute été différent. Parfois, je pouvais même imaginer la jolie maison à la campagne, la balançoire dans le jardin et une adorable gamine qui courait partout. Mais tu étais là, et il n'y avait rien à faire contre cela.

Je reprenais donc progressivement une vie normale, le genre de vie que j'aurais toujours dû avoir si je n'avais pas eu le malheur de croiser ton chemin. J'écris *malheur*, tu me comprends.

Puis, un matin au courrier, une enveloppe. Par habitude, je regardai l'expéditeur et tout se figea. Là, sous mes yeux, inscrit à l'encre noire, d'une écriture qui m'était alors inconnue : Catherine Lazaridis. Je faillis ne pas ouvrir. Il aurait mieux valu sans doute, c'était évident. Mais cet idiot d'espoir me fit déchirer l'enveloppe, le souffle court. Et si tu m'avouais enfin tes sentiments ? Si tu m'écrivais noir sur blanc que je n'étais pas folle ? Durant une seconde, je le crus vraiment. Je le crus car je découvris un immense cœur tracé au rouge, au centre de la feuille. Mais en la retournant, mon bonheur disparut instantanément. Je découvris l'entête du papier…

Une feuille d'ordonnance ! Bordel, Catherine ! Tu es invivable ! Je t'écrivais une immense lettre, plus de trente pages, et toi, tu me répondais sur tes feuilles d'ordonnance ! Et quelle réponse en plus…

« J'ai bien reçu ton texte. Merci. Il est superbe. Prends soin de toi. Catherine. »

Sérieusement, Catherine ? Sérieusement ? Il t'avait donc fallu un mois pour me jeter au visage quinze mots d'une banalité affligeante ? Je te déclarais ma flamme, tu me répondais que j'écrivais bien. Je crus rêver. Ou plutôt cauchemarder.

Tu remarqueras que je ne reviens même pas sur l'ambiguïté du cœur. À ce stade, il n'y avait plus rien à faire… Je voulus déchirer la feuille, mais par faiblesse, n'y parvins pas. Au contraire, je la pliai presque religieusement et m'empressai d'aller l'enfouir hors de ma vue. À un endroit toutefois où je saurais la retrouver si un besoin lancinant de toi venait à me tirailler.

Je savais que ce besoin reviendrait. Il revient toujours. Mais cette fois-là, il s'était tu pendant plusieurs semaines. Sans doute les pointes de colère et d'aigreur provoquées par ta réponse y étaient-elles pour quelque chose. Durant plus d'un mois, si par hasard tu surgissais dans mon esprit, je pensais automatiquement « va au diable ». Non, Catherine, je ne te haïssais pas, comment le pourrais-je ? Simplement, la colère est indéniablement plus facile à vivre au quotidien que la tristesse. Je me refusais au désespoir, je n'y sombrerai pas, et certainement pas à cause de toi.

L'automne s'était installé finalement et nous n'avions plus aucun contact. D'une certaine façon, cela me convenait. T'aimer est une activité beaucoup trop épuisante, j'avais besoin de répit, j'avais plusieurs années d'énergie à rattraper.

Durant ce laps de temps, je ne fis rien de particulièrement intéressant. Du moins, rien d'assez passionnant pour qu'il vaille la peine de le raconter ici. Tout se passait bien au journal, tout allait bien avec Nathan. En somme, je menais une vie parfaitement normale, en tous points commune. Je ne sais pas combien de temps cela aurait pu durer, combien de semaines encore avant que mon cœur ne s'éveille au rythme d'un picotement que je connaissais trop bien. Je ne le saurai jamais. Tu décidas que tu m'avais laissée en paix assez longtemps...

Au courrier, un jeudi de début décembre, tu revins. Une enveloppe m'était adressée. Je ne reconnus pas tout de suite ton écriture, je n'y avais pas vraiment prêté attention avant d'ouvrir et tu ne m'avais pas assez écrit pour que je puisse l'identifier au premier regard. Tu n'avais pas pris le soin d'inscrire l'expéditeur. Alors j'avais ouvert, naïvement, presque aussi machinalement qu'une facture. Je revois parfaitement la scène, je me dirigeais vers la cuisine pour me faire un café. Dans l'enveloppe, je découvrais une carte, invitation pour un vernissage. Le nom de l'artiste me sauta au visage, je ne parvins pas jusqu'à la bouilloire. En grand, en lettres capitales : Pierre Lazaridis. Aucun mot n'accompagnait la carte, mais je sus que ce n'était pas un hasard. Pierre... Nous avions parlé de lui, une ou deux fois, je crois. Je dus puiser dans mes souvenirs, mais je n'avais pas oublié. L'un de tes frères, de quatre ou cinq ans ton ainé, peintre et sculpteur, quelque chose dans ce goût-là. Dis-moi, Catherine, quelle était la part de hasard dans tout ça ? Qu'y avait-il de prémédité ? Tu m'avais envoyé cette invitation volontairement, ça ne faisait aucun doute, mais dans quel but ? Te rappeler à moi, dans le cas parfaitement improbable où j'aurais pu avoir la chance de t'oublier ? Quelle était la probabilité que ton frère, relativement inconnu, tu en conviendras, fasse son vernissage dans *ma* ville ? À plus de six-cents kilomètres de chez lui ? Il me sembla me souvenir que vous n'aviez même pas de famille dans la région...

Ce courrier me chamboula bien plus qu'il n'aurait dû. Il me fit croire que tu pouvais chercher un prétexte pour me revoir. Sinon pour quoi d'autre ? C'était à la fois impersonnel et très intime. Impersonnel, par ton absence de mots, par cette invitation informelle qui suggérait beaucoup sans rien dire. Intime, car après tout, c'était ton frère, ta famille. Je me posais alors mille questions. Pierre, connaissait-il ne serait-ce que mon existence ? Si j'allais au vernissage, étais-je censée me présenter à lui ? Et comment ? « Bonjour, je suis la jeune femme folle amoureuse de votre garce de sœur qui s'en contrefout. » Ça ne me semblait pas être une bonne option. Mais surtout, la seule interrogation qui comptait réellement : y serais-tu ?

Oui, tu as bien noté, j'ai commencé en écrivant *si j'y allais.* J'ai envisagé d'ignorer cette carte. Je n'avais aucune raison valable de m'y rendre. Tu ne voulais pas de moi, alors à quoi cela rimait-il ? Une seule chose pouvait me décider, nous savions toutes deux laquelle. Et puisque c'était ta démarche, cela signifiait-il que…

Et c'est ainsi, par ta volonté une fois encore, que nos vies se retrouvaient mêlées à nouveau.

Je m'étais promis d'attendre au moins trois jours, le matin du deuxième, j'avais déjà craqué. Je t'envoyai un message que je voulus détaché, pour savoir si tu serais là. Je tremblais pourtant en attendant ton éventuelle réponse. Elle arriva rapidement, quelques minutes à peine. Tu m'avais pourtant habituée à d'interminables langueurs par le passé. Un passé pas encore si lointain. Ton texto fut bref, mais clair. Il contenait tout ce que j'avais besoin de savoir.

Tu serais présente.

Tu n'ajoutais rien de plus. Tu ne précisais pas avoir envie de me voir. Tu n'expliquais pas la raison de cette surprenante invitation.

La logique aurait voulu que je n'y aille pas.

Le jour J, à vingt-et-une heures précises, je poussais la porte de la galerie et entrais. Je voulais ma démarche assurée. J'avais envie de te faire douter de ton emprise sur moi, il n'y avait pas de mal à ça. Je savais que je n'y parviendrais pas en fixant le plancher. Il ne me restait plus qu'à relever fièrement la tête et avancer comme s'il était évident que ma place fût bien là.

Je ne m'étais pas attendue à des centaines de personnes, loin de là, comme je le disais plus haut, ton frère n'est pas assez connu pour cela. Mais que la pièce dans laquelle je venais de pénétrer soit aussi vide me pinça le cœur. L'absence de public est une épreuve douloureuse pour un artiste... Quelle idée aussi d'être venu faire son vernissage ici ? Ton frère s'était privé du soutien de toutes ses connaissances, voisins, amis, famille... J'espère sincèrement que la raison de cette délocalisation à six-cents kilomètres m'échappe. Catherine, de tout cœur, je souhaite que tu n'y sois pour rien... Mais non, je divague sûrement ! Tu n'aurais pas poussé ton frère à exposer ici, dans l'unique but de me croiser... Ça n'a aucun sens et ce serait me donner beaucoup trop d'importance... Pardonne-moi cet égarement. Et puis, tu n'es tout de même pas égocentrique au point de sacrifier le travail de ton propre frère... Non, vraiment, je divague... Mais reconnais que cette coïncidence avait de quoi me troubler.

Quoi qu'il en soit, je m'étais sentie vraiment triste pour ton frère. Je suppose que l'intensité de mon empathie était causée par le fait qu'il soit de ta famille, je n'en sais trop rien.

L'autre chose que j'ignorais encore, c'était que ma peine n'allait pas tarder à croître de façon exponentielle... Puisqu'il n'y avait même pas dix personnes, il m'avait été facile de remarquer l'évidence : tu n'étais pas là. Te connaissant, il était parfaitement possible que tu arrives avec une bonne demi-heure de retard. Tu rentrerais dans la salle, un sourire éclatant aux lèvres, sûre de toi comme toujours. Je pouvais imaginer la scène : ça se déroulerait comme dans une mauvaise comédie romantique, tout semblerait se figer alors que les portes s'ouvriraient sur toi. C'était cliché, mais je trépignais d'impatience. Tu n'as pas idée, je sentais combien tu m'avais manqué. Je voulais revoir ton regard, tes lèvres, tes adorables boucles brunes, frémir à la vue de tes épaules et au souvenir fugace du contact de ta peau.

L'attente, encore, ne me plaisait pas. Mais puisque j'étais là pour toi, je n'avais pas d'autre choix que de patienter. Et puis, qu'est-ce que trente minutes de plus, après plus d'un an et demi sans se voir ?

Un quart d'heure s'était écoulé et, déjà, je m'ennuyais ferme. Sois gentille, ma Belle, pour une fois, ne trahis pas ce trop grand espoir que je mets en toi, ne répète pas à Pierre ce qui va suivre.

Les quinze premières minutes passées m'avaient déjà semblé incroyablement longues. Les cinq suivantes furent d'une lenteur effroyable. Il fallait se rendre à l'évidence, j'avais beau essayer de toutes mes forces de m'intéresser aux œuvres de Pierre, j'avais beau le vouloir pour avoir, d'une façon étrange j'en conviens, un lien de plus avec toi… Je n'y arrivais pas… Non, vraiment Catherine, je t'assure avoir essayé, mais le travail de ton frère ne provoquait aucune émotion en moi. D'une certaine façon, c'était ironique, je crois… Toi, par ta simple présence, ta froideur, ton détachement, et tous mes sens étaient en alerte. Pierre faisait de cet éveil des sens son métier, et rien. Enfin, je suppose que nous ne sommes pas là pour débattre de

mes goûts en matière d'art. Le résultat était le suivant :
j'allais devoir parler à ton frère et je ne pouvais
m'extasier ni sur son art ni sur toi.

Tu te dis sans doute que rien ne m'obligeait à aller à
la rencontre de Pierre. C'est faux. Tu ne m'avais pas
laissé le choix. Il fallait bien que je sache pourquoi tu
n'étais pas là…

Alors, j'avais courageusement retraversé la grande
pièce en pierres froides dans laquelle je me sentais
désespérément seule, j'avais une dernière fois observé
tous ces tableaux aux couleurs trop vives et aux tracés
trop géométriques, puis je m'étais arrêtée à la hauteur
de ton frère. Il bavardait avec une très élégante
quinquagénaire en tailleur bleu roi. J'avais craint de
l'interrompre. Pour patienter, je m'étais postée devant
le seul tableau qui parvenait à éveiller un minimum
mon attention. Sa taille était démesurée, une immense
toile carrée dont les côtés devaient faire dans les deux
mètres. Les teintes étaient moins criardes, la
représentation moins abstraite. Sur le fond vert d'eau,
une forme rosée m'avait évoqué une fleur de lotus.

Je ne sais pas combien de temps j'étais restée plantée
là, mais j'avais fini par me perdre dans mes pensées.
Des pensées qui n'avaient rien à voir avec les œuvres,
des pensées pour toi, évidemment. J'imaginais nos
retrouvailles, je rougissais à l'idée de te revoir après
tout ce temps, alors que désormais tu connaissais la
nature de mes sentiments à ton égard.

— Mademoiselle ?

J'avais sursauté comme une gamine prise en faute et

un rire un peu rauque m'avait répondu. L'espace d'une seconde, il m'avait fait tourner la tête. Il possédait des notes que je connaissais. Mais il contenait également des intonations qui m'étaient étrangères, trop masculines. Ce n'était pas toi.

— Pardonnez-moi, je ne pensais pas vous faire peur !

La voix était canaille, je crois que j'appréciais déjà ton frère. J'avais répondu qu'il n'y avait pas de mal et je m'étais excusée d'être à ce point dans les nuages. Pierre s'était alors présenté à moi et était arrivé le moment angoissant où j'avais dû faire de même.

— Enchantée. Daphné. Je ne sais pas si elle vous a parlé de moi, mais je suis une amie de votre sœur, Catherine. C'est elle qui m'a fait parvenir l'invitation.

Et vu ce qui suivit, je regrette aujourd'hui d'avoir senti ce besoin de me justifier. J'aurais dû jouer le rôle d'une passante anonyme. J'aurais pu rester dans le déni. Je m'étais demandé si « amie » n'était pas un trop grand mot. Pierre avait répondu. Mon cœur s'était fissuré. Un peu plus.

— Ah oui ? C'est amusant, Catherine ne m'avait pas dit qu'elle connaissait quelqu'un dans la région, elle n'avait pas dit qu'une amie à elle viendrait… Mais vous savez, elle est très secrète.

J'avais eu envie de hurler que ça n'avait rien d'amusant. Puis la façon dont Pierre avait froncé le nez sur la dernière phrase m'avait radoucie, pour je ne sais quelle raison. Peut-être parce que j'avais constaté qu'il se demandait s'il avait bien fait d'être aussi franc.

Il a bien fait. Au moins, je savais que malgré tout, tu

n'avais jamais eu l'envie de lui parler de moi. C'est fou tout ce que j'ai appris sur toi, le temps de cette soirée…

— Moi, j'ai entendu parler de vous, avait claironné une voix féminine et chaleureuse.

Ton frère et moi avions braqué, d'un même mouvement, nos regards sur la femme au tailleur bleu roi. Elle m'avait serré la main et nous avait éclairés.

— Céline. La femme de Pierre. J'ai entendu ce que vous disiez à mon mari. Catherine m'a parlé de vous.

Durant une seconde, j'avais cru qu'elle disait cela par politesse, mais elle avait enchaîné et mon cœur était devenu plus léger.

— Vous êtes la journaliste que Catherine a rencontrée à l'étranger, c'est ça ? Elle vous admire beaucoup.

Mon sourire dut me monter jusqu'aux oreilles. Puis ton frère avait poursuivi en m'indiquant que le tableau devant lequel je me trouvais était ton préféré. Je m'étais sentie rougir. Nous avions encore échangé quelques banalités avant que je ne me décide enfin à poser la question qui me brûlait les lèvres. Pourquoi n'étais-tu pas là ?

— Oh ! Elle ne vous a pas prévenue ? Elle a annulé hier, retenue à l'hôpital, pour le travail.

Non. Tu n'avais pas prévenu. Sans doute un message pour m'en informer était-il trop te demander ! Si tant est que ce soit une vraie excuse… Au point où j'en étais, j'étais prête à imaginer que tu aies pu annuler pour le plaisir de me rendre folle. Sois satisfaite,

Catherine, tu touches au but…

Passé ce moment gênant, j'avais fini par prendre congé et rentrer chez moi, du bleu à l'âme. Je ne compris pas vraiment ce qui venait de se passer. Je ne comprendrais jamais avec toi. Je marchais sous la pluie, avec plus de questions que de réponses. Pourquoi ta belle-sœur me connaissait-elle ? Pourquoi ton frère non ? Qu'attendais-tu de moi ?

Car avant de quitter Céline et Pierre, j'avais posé une ultime question, sous le porche. J'avais demandé ce qui les avait amenés ici, à plusieurs centaines de kilomètres de la Bretagne. C'est ton frère qui m'avait répondu. Sûrement sans se douter qu'il trahissait ton machiavélisme.

— Pas facile de trouver des lieux de vernissages. C'est Catherine qui a eu un contact pour celui-ci. C'était loin, mais elle a su me convaincre.

Catherine, tu es officiellement une horrible garce manipulatrice. En quittant ton frère et ta belle-sœur, j'avais définitivement cessé de croire au hasard.

S'il n'y avait pas de hasard, si tu n'étais pas maladroite, si tu ne m'avais pas effleurée tant de fois dans les Balkans en toute innocence, si tu n'avais pas répondu « moi aussi », quand je te criais, t'écrivais mon amour, alors il n'y avait plus qu'une explication. Celle que pourtant je mettrai toute mon énergie à ne pas croire : tu jouais avec moi.

Je ne voulais pas l'admettre. Encore aujourd'hui, je ne le veux toujours pas. Mais à cet instant, un chagrin incommensurable aidant, il n'y avait plus que cette révélation pour me sauver. Était-ce un éclair de lucidité ?

Tu jouais avec moi. Très bien. J'allais faire avec.

Et j'ai fait avec. Après le vernissage, j'étais rentrée chez moi. J'avais claqué férocement la porte de l'appartement et j'avais entrepris de lancer le début des hostilités. Dans un message lourd de reproches et de doubles sens, je t'avais annoncé avoir rencontré ton frère et avais enchaîné sur le fait qu'il fût dommage qu'il soit venu dans cette ville qui n'avait pourtant rien d'exceptionnel. J'avais espéré que tu mordrais à l'hameçon, malheureusement ce ne fut pas le cas, tu voulus savoir ce qui me rendait subitement désagréable. Je te reprochai de ne pas m'avoir prévenue de ton absence, tu me rétorquas n'avoir aucun compte à me rendre. Tu ne l'avais même pas formulé méchamment, même pas froidement en fait. C'était juste un constat. Dès lors, je sus que cette confrontation allait m'échapper. Je voulais une dispute, une vraie, une faite de reproches cinglants et de remarques acerbes, mais je compris que tu ne ferais rien d'autre qu'esquiver. Si tu jouais l'innocence, je savais que je ne parviendrais pas à formuler clairement les raisons de ma colère. Car en fait, si je suis parfaitement honnête avec toi, ce n'était même pas ce lapin qui m'avait mise dans un tel état. La cause de mon emportement était plus profonde, et pour l'exprimer, j'aurais dû revenir au reproche fondamental… Ton absence de réponse claire face à mes aveux, des mois plus tôt. Bien sûr, ton absence de réaction pouvait passer pour une réponse claire, mais je voulais que tu le confirmes, car quelque chose ne collait pas, je le sentais.

Mais tu esquivas ce début de conflit, et je n'eus pas la force de t'affronter frontalement, j'abandonnai. Je ne sais pas si je dois t'en vouloir ou te remercier pour cela. Peut-être cette dispute aurait-elle pu me faire du bien. Ou alors, elle aurait gâché beaucoup. Dans le doute, merci.

Deux jours plus tard, ma colère commençait à se dissiper. Une semaine après, il n'en restait plus aucune trace. C'est incohérent, je le sais. Inexplicable aussi. Pourtant, c'est ainsi, il m'est impossible de t'en vouloir. Du moins, pas longtemps. Pas assez longtemps. Mes certitudes et mouvements d'humeur *post-soir-de-vernissage* avaient fini par disparaître, remplacés par la confiance aveugle que j'avais en toi. Aveugle et peut-être mal placée ? Dis-moi, Miss, ai-je tort de m'acharner ainsi à vouloir voir le meilleur en toi ? Suis-je folle au point de préférer écouter le chuchotement de mon cœur au lieu des hurlements de mon cerveau ? Car c'était là le dilemme face auquel je me trouvais, face auquel je suis encore. Face auquel je serai toujours ?

Tu vois, ma raison et mon instinct avaient des avis très différents. La première me disait simplement que je me rattachais à des espoirs idiots pour ne pas voir l'horrible évidence. Tu ne m'aimais pas. Point. Pire... Tu avais sans doute remarqué assez vite mes sentiments, peut-être même avant moi, et tu t'en étais amusée. Dans les Balkans, tu avais joué à éveiller mes sens, à me frôler tant de fois pour tester les limites de tes charmes. À Paris, tu avais voulu voir où j'en étais. Que restait-il de cet émoi qui n'aurait dû durer qu'un été ? Mais ensuite, je t'avais écrit, j'avais publié au journal, et ce loisir était alors devenu trop envahissant. Et tu m'avais ignorée pour t'en débarrasser.

Ma raison est désespérément logique. Pragmatique. Blessante. Le problème, c'est que même si cette théorie est plausible au point que ça en devient effrayant, elle n'explique pas tout... Elle n'explique pas ces instants où j'avais la certitude que tu étais sincère. Surtout, elle n'explique pas le vernissage. Sauf une vengeance pour me faire payer l'audace de cette première lettre... Un jeu cruel pour me rendre folle... Même ma raison ne peut se résoudre à te voir comme ce genre de monstre. Garce égocentrique, oui. Manipulatrice cruelle, non. Alors il ne reste plus que l'hypothèse d'un triste hasard, un malheureux concours de circonstances.

Tu conviendras que la suite des évènements ne m'éclaire pas davantage. Car il y a bien la suite, et quelle suite ! Je suppose que depuis les premières lignes, tu te doutes qu'elle est un sujet de cette lettre. J'y viens, Catherine, j'y viens. Sois un peu patiente. Dans ces pages, c'est ainsi que ça fonctionne. Et puis, n'es-tu pas un peu curieuse de connaître la théorie de mon instinct ? Celle qui vient du fond du cœur ? Ne dis rien. La voici.

Mon cœur donc. Bien meilleur interlocuteur quand il s'agit de me dire ce que j'ai envie d'entendre ! Pour lui, tout est évidemment plus simple et plus beau. Déjà, pour lui, je ne suis pas folle ! Alors toi, ma Belle, je sais que tu t'en moques, mais pour moi, c'est une différence à laquelle j'attache beaucoup d'importance. Je ne suis pas folle et, mieux encore, j'ai raison ! Entre toi et moi, il y a bien quelque chose, un déclic inexplicable, une étincelle impérieuse. Et, à elle seule, elle suffit à tout expliquer. Ces effleurements dans les Balkans, ces messages lors de trop longs silences. Paris ou le vernissage : ces invitations dictées par le besoin de se revoir. Oui, la théorie que donne mon cœur est délicieuse, tu ressens la même chose que moi, tu es soumise aux mêmes inclinaisons. Tu désires sentir ma peau, autant que je brûle d'effleurer la tienne. Tu souffres de mon absence comme je succombe au manque de toi. Ton envie de t'endormir dans mes bras n'a d'égal que mon souhait de m'éveiller dans les tiens.

Alors, pourquoi tant d'actes manqués, me demanderas-tu ? Parce que tu as peur. Peur de t'abandonner à ce désir que tu ne comprends pas et qui te pousse dans les bras d'une femme. Je ne le comprends pas non plus, tu sais, mais je m'en fiche, je l'accepte, c'est tout. Toi pas. Et finalement, chaque fois, tu fais un pas vers moi avant de t'effrayer et te défiler. Voilà, je te l'avais dit, pour mon cœur, c'est aussi simple que cela.

Cœur ou raison, tu comprends qui j'ai envie de croire ? Évidemment, le plus simple serait encore que tu répondes à cette question… Mais tu ne le feras pas, je sais. Je l'ai compris après ces quatre jours en

Bretagne. Le matin du dernier, surtout… Je t'avais dit que ça viendrait, nous y voilà, plus rien ne me fera reculer l'évocation de ce voyage. Je suppose que tu vas détester cette partie, mais fais un effort. Tu y étais aussi, je te rappelle, tu es largement aussi responsable que moi… Et puis, ne t'inquiète pas. À l'heure où je t'écris, c'est vrai, je ne sais pas encore si j'offrirai cette suite au journal. Mais si jamais je le faisais, je reste fidèle à mes engagements : on ne te reconnaîtra pas. Ton prénom est toujours changé, ceux de ton frère et ta belle-sœur aussi. Je continuerai à prendre soin de modifier quelques détails, les lieux. On ne fera pas le lien avec toi, rassure-toi.

Donc voilà, respire et replonge avec moi dans ces quatre jours de délice. Jusqu'à ce dernier matin au moins.

Prête ?

Nous voilà en mai. Entre janvier et ce moment, rien de passionnant, tu en conviendras. J'ai vécu ma vie, toi la tienne, et nous n'avions rien à nous dire. Même si aucune dispute réellement fâcheuse n'avait eu lieu, l'après-vernissage avait laissé un froid dont je m'étais plutôt bien accommodée finalement.

Les doux rayons de soleil du printemps se chargèrent de réchauffer l'atmosphère. Mon patron joua un rôle également.

Mi-avril, il eut l'idée d'un sujet à développer et m'en confia la tâche. Le passé de Saint-Malo et son attrait touristique étaient des pistes exploitables. Ce n'était peut-être pas le meilleur des articles à préparer, mais c'était, sans nul doute, le meilleur des prétextes... Et puis j'avais besoin de bouger. Et envie de te revoir. Ou l'inverse.

Comme toi, pour le vernissage de Pierre, j'allais un peu aider le hasard. Je programmai mes quelques jours en Bretagne en prenant soin de t'en informer. Tu admis sans mal l'excuse du dossier à faire pour le travail. J'en profitais pour t'inviter à prendre un verre. Je précisai : *si mon emploi du temps le permet*. Il va de soi que ce n'était qu'une formule de mon amour propre ! Quitte à bâcler cet article, j'étais prête à te consacrer tout le temps que tu voudrais. Tu acceptas mon invitation. Je me trompe peut-être encore, mais il me sembla que tu étais sincèrement contente à l'idée de me revoir.

Je n'étais pas encore partie pour Saint-Malo et, déjà,

j'avais réfléchi au mieux à chaque minute de mon planning. Il me fallait du temps pour toi, pour nous.

J'avais fait mes bagages avec allégresse et insouciance, prenant soin de glisser dans mon sac des tenues susceptibles de te charmer. Malgré tout ce qui avait pu se produire par le passé, cette envie folle de te plaire était encore présente. Intacte.

Durant quelques jours, tout me sembla possible. L'euphorie provoquée par l'idée de te revoir me rendait incroyablement optimiste. Les doutes ne vinrent que plus tard. Il fallut attendre que je ne sois plus qu'à une trentaine de kilomètres de Saint-Malo pour que je me rappelle toutes les déceptions auxquelles tu m'avais habituée. Ton côté horripilant dans les Balkans, ton indifférence à Paris, ce rendez-vous manqué au vernissage. Il m'apparut alors que je risquais d'ajouter un nouveau point à la liste. Si l'on est honnêtes et lucides, même juste une minute, chaque fois que nous nous étions vues ou avions dû nous voir, ça s'était mal fini. Alors en quoi cette fois-ci aurait-elle dû être différente ? Et pourquoi étais-je ainsi idiote, à continuer sur cette voie ? Ce fut sur ce triste constat que je fis mon entrée dans la cité corsaire.

Je ne connaissais pas Saint-Malo avant ce voyage. J'avais entendu parler de la ville, je pouvais, plus ou moins, la situer sur une carte, j'avais des informations quant à son histoire, ça s'arrêtait là. Le charme de la ville me coupa le souffle. J'arrivai par un soleil radieux qui se reflétait sur la mer et dorait les fortifications. Je ne pus m'empêcher de t'imaginer arpenter les ruelles étroites alors que je flânais en ce début d'après-midi.

Proche de la plage, mon hôtel contribua également à m'éblouir. Un sac en toile beaucoup trop chargé sur l'épaule, je pénétrai dans le hall en souriant. La décoration harmonieuse et à mon goût confirma ce que je devinais déjà : j'allais me plaire ici. Mes talons claquaient légèrement sur le carrelage beige alors que je me dirigeais vers la réception. Une multitude de plantes vertes semblait habiller les murs, contrastant dans leurs pots noirs ou blancs. Ce n'était pas moi qui avais choisi l'hôtel, le secrétaire de mon patron s'en était chargé et je sus qu'il me faudrait le remercier chaleureusement à mon retour. Mon instinct en la matière est bien souvent mauvais, il y avait fort à parier que je me serais retrouvée dans une chambre miteuse au-dessus d'un bar louche, si j'avais réservé moi-même. Je sais pourtant que je dois me méfier des mots « typique » et « authentique ». Remarque, le tarif de la nuitée devait aussi y être pour quelque chose. Je t'ai déjà dit que j'adorais mon travail ? Ce genre d'avantage me le rend irrésistible. Oui, ça va Catherine, je sais, ce détail ne t'intéresse pas… Laisse-moi tout de même m'extasier un peu sur ce lieu. Et puis, si mes souvenirs sont bons, toi aussi tu avais su l'aimer ! Tu sais également pourquoi il fut pour moi si important. Pour cette raison, j'espère n'en oublier jamais aucun détail.

Des orchidées blanches sur de petits guéridons me guidèrent jusqu'à ma chambre. La porte s'ouvrit sur un style frais et moderne. Les touches turquoise me plurent, la vue sur la mer me fit succomber. Je sus que, quoi qu'il arrive, même si tu te montrais odieuse, j'apprécierais mon séjour.

Pour être honnête, je ne pensais pas qu'il serait aussi facile de te voir. Ni aussi agréable. Tu m'avais habituée à bien plus complexe que cela. Puisque tu n'habitais pas Saint-Malo, mais ne faisais qu'y travailler, j'avais imaginé deux hypothèses.

Dans la première, tu m'aurais donné rendez-vous à la cafétéria de l'hôpital, disons, entre deux consultations, probablement. Alors, notre entrevue aurait été parfaitement informelle, aussi froide que le lieu et, bien entendu, excessivement brève. Remarque bien, j'avais tout de même trouvé un petit avantage à ce scénario : tu m'aurais probablement accueillie encore habillée de ta blouse de médecin. J'avoue me demander depuis longtemps à quoi tu ressembles ainsi... Oh, tu sais, chacun ses fantasmes. En somme, celui-là est assez classique. Tu rougis face à cet aveu ? Un peu ? C'est bien. Mais non, ne rêvons pas, il doit te falloir bien plus que ça... Et puis, je ne dois pas être la première ! Dans ceux qui furent de tes amants, il doit bien y avoir un collègue... Un confrère ? Un infirmier ? Un jeune interne ? J'imagine volontiers les prémices de cette histoire, faite de rendez-vous volés entre deux patients ou d'instants plus intimes encore les nuits de garde... Oui, désolée, les clichés ont la vie dure et je ne suis pas immunisée.

Mais tu sais, pour être honnête, cette romance empruntée à la plus banale des séries me tourmente depuis longtemps déjà. Il faut remonter à l'époque où nous bavardions régulièrement la nuit, où je t'attendais, patiente mais inquiète, lorsque tu sortais ton chien... Les soirs où tu manquais ce moment, les soirs où je te savais de garde, j'avais la boule au ventre. Je ne pouvais m'empêcher de craindre que des bras masculins soient en train de t'étreindre, remplaçant et éclipsant nos mots... Je détestais ces nuits-là.

Bref, nous nous égarons. La cafétéria de l'hôpital était donc ma première hypothèse. La seconde était que tu m'aurais proposé de te voir, quelque part dans la ville où tu habitais. Évidemment, j'aurais effectué les vingt-cinq kilomètres aller, sans rechigner. Mais, craignant que là aussi tu nous sois avare de ton temps, je devais me préparer à effectuer mon trajet retour dans la plus grande des déceptions. Il n'est pourtant jamais bon de conduire les yeux embués de larmes.

Bien entendu, tu pouvais aussi ne pas m'accorder une seule minute, et j'aurais quitté la cité corsaire sans avoir goûté à l'adrénaline de te revoir. Je n'avais pas hissé cette possibilité au rang d'hypothèse. Ce n'en était pas vraiment une, c'était la situation classique. Un scientifique peut imaginer ce qui se passerait si la terre arrêtait de tourner sur elle-même. Si elle doit continuer, nul besoin d'en parler.

Donc vois-tu, je fus, cette fois-là, extrêmement mauvaise langue ! Tu pris soin de me surprendre bien au-delà de mes plus folles espérances. Le jour-même de mon arrivée, tu m'envoyais un message. Il me souhaitait la bienvenue « chez toi ». (Cela te va bien de t'accaparer ainsi une ville entière !)

Le SMS m'informait également que ton après-midi

du lendemain était libre et suggérait que nous en profitions. Tu me proposais de me rejoindre dans un café, non loin de mon hôtel. Puisque je ne connaissais pas encore la ville, ta prévenance me toucha. J'acceptai et t'envoyai l'adresse. Bon, bien entendu, je notais que tu ne te demandais même pas si j'étais disponible. Je ne suis pas difficile, alors je ne m'en offusquais pas. Je me contentais d'apprécier, comme il se devait, ta main tendue. J'ajustai mon emploi du temps. J'avais ma fin d'après-midi de libre pour mes recherches. Je calerais mes rendez-vous pour le lendemain matin ou le mercredi.

Je t'épargne ici l'essentiel de mon travail, j'ai conscience que ça ne t'intéresse sans doute pas. Certes, en t'écrivant, il me plait de te provoquer, de te tourmenter un peu, mais j'éviterai de susciter volontairement l'ennui. Quelque chose me dit que ce serait contreproductif.

Je dois tout de même te faire part d'un détail.

L'histoire de Saint-Malo est passionnante, captivante. Entre fiction et réalité, les récits de piraterie éveillaient mon imagination, ou plutôt la réveillaient, elle qui avait eu tendance à s'assoupir les mois précédents. La faute, sans doute, à tous ces articles beaucoup trop terre à terre dont l'écriture avait rythmé ma vie. La faute aussi à la léthargie dans laquelle tu m'avais plongée, le temps de ces longs mois d'hiver où toi et moi prenions grand soin de nous ignorer.

Savais-tu que Saint-Malo avait été indépendante quatre années durant ? Je suppose que oui, c'est ta ville après tout. Mais pardon, ce n'est pas le sujet. Ce qui est important, c'est que c'est à ce moment-là que j'ai réalisé qu'il me faudrait t'écrire une seconde lettre. Ce n'était pas prévu, aucunement prémédité, cela s'est simplement imposé à moi. J'étais sur les remparts, je regardais les bateaux. J'écoutais attentivement les récits d'un marin retraité qui s'était toujours passionné pour sa ville. Nous avions remonté le temps d'environ cinq-cents ans. Mes yeux se posaient parfois sur lui, les siens brillaient de malice. Ils avaient ce même bleu azur que l'eau qui nous faisait face. D'une certaine manière, avec ses cheveux d'un blanc presque parfait et sa peau brunie, tannée par des années de travail en plein air, ce vieil homme m'avait rappelé Oltan, que toi et moi avions rencontré en Albanie. Tu ne te souviens peut-être pas, tu ne prêtais jamais assez attention aux Hommes. Moi, j'avais superposé ces deux instants, j'avais eu envie de t'en parler. Et j'avais réalisé qu'il y avait d'autres moments que je voulais évoquer avec toi. C'est ainsi qu'il m'était apparu qu'il me faudrait encore t'écrire. Pour le reste, avec les deux jours qui suivirent, tu trouvas à donner beaucoup de matière à cette lettre.

Une chose en entraînant une autre, les heures avaient passé et nous étions mardi après-midi. Je n'avais pu m'empêcher d'arriver avec quelques minutes d'avance. Il était facile de trouver pourquoi : cette impatience de te revoir… Déjà deux ans, Catherine. Deux longues années entre Paris et ce jour-là. J'avais pris place sur la terrasse du café, m'asseyant de manière à ce que la rue soit dans mon champ de vision. Il était impératif pour moi de pouvoir guetter ton arrivée. Je ne voulais pas manquer ce moment où tu m'apercevrais : il me fallait pouvoir décrypter l'expression de ton visage. Il dirait peut-être bien plus que toi.

Les cris des mouettes rythmèrent mon attente. Puis l'inévitable survint. Je te vis à l'instant même où tu t'approchais de la terrasse. Mon procédé pour te cerner échoua. Tes grandes lunettes de soleil me dissimulaient ton expression. Dans un autre contexte, peut-être aurais-je pris le temps de les maudire. Ici, je n'en eus pas le loisir. Tu m'avais trop manqué.

Tu avais traversé la terrasse, contournant d'un pas rapide les quelques tables qui nous séparaient l'une de l'autre. Tu étais presque à ma hauteur et les traits de ton visage ne m'aidaient en rien. Tu avais marqué une brève pause, le temps d'ôter enfin tes lunettes noires et de les glisser dans ton sac à main. Ce qui en faisait office du moins, une sorte de grand cabas en osier. Tu m'avais donné l'impression d'arriver de la plage et non de l'hôpital. Je n'avais pas eu le temps de m'appesantir sur ce point. Je voyais enfin tes yeux, ton visage dans son ensemble. Tu n'avais pas changé. Pour mon plus grand malheur, tu étais toujours aussi incroyablement sublime.

Tu t'étais assise, face à moi, m'avais souri le plus naturellement du monde. Il y a dans tes sourires quelque chose qui étreint mon cœur. Même lorsqu'ils ne me sont pas destinés, ils me chamboulent, me tourmentent et me lient un peu plus à toi. Et puisque celui-là était pour moi, rien que pour moi, l'espace d'une seconde, il me sembla que le temps s'était suspendu. Pour toi. Pour nous ? Que le monde puisse se figer pour toi ne me paraissait même pas une idée saugrenue.

L'air était tiède. Aussi ne portais-tu rien par-dessus la fine chemise blanche qui, je dois l'avouer, t'allait à ravir.

Je remarquai tout de suite que les trois premiers boutons n'étaient pas fermés.

La garce, avais-je pensé. Tu savais tout, Catherine. Tout. Le moindre détail de ce que l'assaut délicieux de tes charmes provoquait en moi. Tu savais, et tu venais à moi ainsi, ces boutons ouverts.

J'avais eu envie de te hurler dessus, de te détester d'être si séduisante. Durant un instant, je me demandais si tu en avais conscience, si c'était voulu. Sans doute. C'était toi après tout, n'aimais-tu pas jouer ainsi ? La seconde suivante, ma bouche prenait son indépendance et contrecarrait tous les plans de mon cerveau. Elle se lançait dans un aveu idiot.

— Tu es ravissante, Catherine.

Tu inclinas la tête et eus un minuscule sourire. Un sourire satisfait qui m'indiquait que tu le savais déjà et que c'était une évidence. Tu ne souriais pas parce qu'on te trouvait belle, tu t'en moquais. Tu souriais parce qu'il t'était plaisant de me voir toujours aussi incapable de te résister. Garce. Et re garce.

Pourtant, ce n'était pas étonnant. Ta réaction était finalement en tous points identique à ce que j'aurais pu imaginer. Non, ce qui me surprit, ce fut ce que tu fis ensuite. J'aurais volontiers supposé que tu serais restée silencieuse, quelques minutes, avant de tout naturellement commencer à me parler de toi. Comme toujours, ta voix aurait été un peu trop forte, juste assez pour que les clients des tables voisines t'entendent distinctement.

Contre toute attente, tu n'en fis rien. Tu te penchas vers moi et vins délicatement saisir une mèche de cheveux qui s'était échappée de ma queue de cheval. Tu la glissas derrière mon oreille et, d'un murmure, balaya tous mes aprioris.

— Toi aussi tu es magnifique, Daphné.

J'écarquillai les yeux devant ce compliment inattendu. Tu souris et j'aurais pu jurer qu'il y avait là quelque chose de différent, de plus sincère.

Puis tu redevins toi-même. De nouveau froide et distante, tu te calas contre le dossier de ta chaise et, d'un coup d'œil presque méprisant, engloba la terrasse.

Tu ne te pencherais plus ainsi pour moi de tout notre rendez-vous. Tu ne me toucherais plus. C'était prévisible. Et sans doute pas plus mal pour ma santé mentale.

Dis-moi, belle Catherine, permets-tu que j'utilise le mot *rendez-vous* pour parler de ce jour-là ? Je sais bien que ce n'était pas censé en être un, jamais tu n'aurais présenté la chose ainsi. Malheureusement, je n'ai pas trouvé d'autres termes plus adéquats.

Quoi qu'il en soit, le serveur vint et nous commandâmes. Étrangement, je ne me souviens pas quoi. De toute façon, ce n'était pas bien important. L'important, c'était qu'il me semblait désormais que le centre du monde avait changé. Il était alors juste sous mes yeux, dans la naissance du sillon que cette chemise entrouverte offrait à ma vue. Je dus prendre sur moi pour ne pas plonger le regard dans les merveilles de ton décolleté.

Du mieux que je pus, j'avais relevé les yeux, cherchant où les poser sans risques. Vers tes lèvres, c'était hors de question. Tes yeux, ce n'était pas franchement une meilleure idée, mais il allait falloir s'en contenter. Je craignais de lire à nouveau dans l'éclat de tes iris toute l'indifférence dont tu es parfois capable. Je n'avais rien vu de tel. J'avais noté, par contre, une fine ridule au coin de tes yeux. Je ne sais pourquoi, mais j'avais trouvé que cela rehaussait encore ton charme. Je suppose par contre que, toi, son apparition avait dû prodigieusement t'agacer. Je m'étais retenue de sourire.

Après tout ce temps sans nous voir, après des mois dans le silence des reproches, tu étais là désormais. Face à moi. Et pour la première fois, juste pour moi. Cette constatation, bien que plaisante, eut pour conséquence d'anéantir le peu d'assurance qu'il me restait encore. Car depuis tous ces mois devenus années, c'était bel et bien la première fois que nos routes se croisaient, sans aucune autre raison que celle, délicieuse, de se voir. Il n'y avait pas de prétexte, pas de hasard, juste toi et moi.

— Tu as eu le temps de visiter la ville ?

— Juste un peu, j'ai essentiellement flâné sur les remparts.

— Je dois repasser chez moi en fin d'après-midi, mais si tu as envie, je pourrais te faire visiter quelques endroits, ce soir. La ville est magnifique au crépuscule.

Ces quelques phrases m'emplirent de joie. J'avais accepté sans me faire prier, t'adressant un sourire radieux et comblé. Quelque chose que je ne sus identifier passa sur ton visage et troubla ton regard. Tes lèvres ne bougèrent pas d'un seul millimètre. Tu ne me rendis pas mon sourire. Je compris que c'en était fini de ce trop doux moment. La seconde suivante, tu étais finalement redevenue toi-même : froide, distante, égoïste. Il n'y eut plus aucune tendresse dans tes intonations. En soi, ça n'avait rien de surprenant. Ce qui était étrange, c'était ta proposition et les semblants d'affection que tu m'avais brièvement témoignés. Te retrouver de marbre m'avait aidée à me ressaisir. Cela, je pouvais le gérer. Si ta main s'était retrouvée de nouveau à mon contact, là, rien n'aurait été moins sûr.

Nous sirotâmes nos boissons respectives en discutant beaucoup, mais en prenant soin de ne parler de rien. C'était un art difficile que tu maîtrisais à merveille ! Je dois avouer que depuis que je te connais, mes compétences en la matière se sont considérablement améliorées. Beaucoup de sujets passèrent, beaucoup qui tournaient autour de toi, bien entendu. Tes horaires intensifs à l'hôpital avec les gardes qui se succédaient, tes derniers voyages et ceux à venir. Nous réussîmes même à évoquer la santé de ton chien. Plus d'une heure à bavarder ainsi sans que je ne parvienne à obtenir une information qui m'aurait permis de mieux te cerner. Dans tes récits, il n'était, pour ainsi dire, jamais question de tes proches. Catherine, es-tu seule à ce point ? Ou juste excessivement secrète ? J'avais repensé à Viviane, ton amie que j'avais rencontrée dans les Balkans, puis à la femme qui était avec toi à Paris, celle qui était vraiment jolie et qui semblait beaucoup compter à tes yeux. Tu ne les avais pas évoquées et j'avais hésité à te questionner à leurs sujets. Qu'étaient-elles devenues ? T'étais-tu lassée de leur compagnie ?

La dernière information que j'avais eue sur la femme de Paris, je la devais aux réseaux sociaux. Il s'agissait d'une photo de vous deux, merveilleusement ambiguë, accompagnée d'un commentaire qui ne l'était pas moins. Quelque chose dans le genre : la plus douce des soirées avec la plus formidable des femmes. Je m'en souviens car un élan de jalousie m'avait alors submergée. Cette femme se tenait dans ton dos et t'enlaçait tendrement. Mais cela remontait à de nombreux mois…

La curiosité me brûlait les lèvres. Pourtant, j'avais renoncé à t'interroger à leurs sujets. Peut-être parce que j'avais eu peur d'apprendre quelque chose qui ne me plaisait pas. Que tu me repousses parce que j'étais une femme, je pouvais vivre avec. Que tu en préfères une autre, c'était une idée insoutenable.

Arriva le moment où la discussion s'essouffla. Je me rendais compte que je répondais de plus en plus succinctement. Alors que, crois-moi, j'en avais des choses à te dire ! Le problème, c'était qu'il n'y avait rien que tu voudrais entendre. J'aurais aimé pouvoir te faire part de tout ce que je ressentais, de tout ce que tu m'inspirais. Une fois de plus, je manquais de courage. Pardonne-moi, Catherine. Te dire les choses directement, cela aurait-il changé la donne ? Cela t'aurait-il forcée à te révéler ? J'en doute. Au contraire, je pense que tu en aurais profité pour t'échapper encore plus vite. C'est tout le problème avec toi, tout le problème entre nous. Tu ne consens jamais à formuler clairement les choses. Tu ne veux pas de moi ? Très bien. Alors, dis-moi non, dis-moi jamais. Ne me rappelle pas ensuite. Ne me touche jamais, même par hasard. Ne me charme pas. Ne viens pas me trouver avec un décolleté outrageusement provocant. Garde à l'esprit que je suis bien trop faible face à toi. Sois raisonnable pour nous deux.

T'écrire cela est un poignard que je m'enfonce moi-même en pleine poitrine. Tu sais très bien que je désire tout le contraire.

Toujours est-il que, à cette terrasse de café, nous nous retrouvions toutes deux silencieuses. Tu en profitas pour prendre congé. En un sens, ça m'arrangeait, la volonté qui me permettait d'occulter ces trois boutons de chemisier avait commencé à faiblir. Tu te penchas un peu trop vers moi pour me murmurer au revoir. Je me levai pour te faire la bise. Elle fut un peu trop longue. Ta main fut trop douce dans mon dos, elle glissa brièvement le long de ma colonne vertébrale. J'en frissonnais encore lorsque tu tournas les talons. Évidemment, tu roulais un peu des hanches.

Le temps que je me demande si nous nous reverrions vraiment le soir-même, tu avais disparu.

Ah oui, j'ai oublié ! Ce soutien-gorge ivoire t'allait vraiment à ravir…

Trois heures plus tard, tu me téléphonais. Nous ne dînerions pas ensemble, mais tu tenais parole. Impatiente déjà de te revoir, j'attendais fébrilement ton arrivée. Tu avais dit vingt-et-une heures, devant l'hôtel. Parce que c'était inespéré, je comptais profiter au maximum de ta présence. Je n'avais pas résisté à l'envie de me changer. Puisque tu avais osé le décolleté provocant, j'estimais avoir aussi le droit de tenter ma chance. J'avais choisi une robe fluide et légère. Qui sait, mes jambes réussiraient peut-être là où mes mots avaient échoué.

Quand tu étais arrivée, j'avais souri en sentant ton regard se poser sur moi. Tu n'avais rien dit, mais je t'avais vue me détailler. Tu avais pris un peu trop de temps. J'avais été incapable de déchiffrer ton visage. Qu'importe. Tu avais remarqué, c'était déjà ça.

Directive et autoritaire, tu m'avais sommée de te suivre. Ma découverte de Saint-Malo, en charmante compagnie, commençait là. J'avais constaté que tu t'étais changée également. Alors que je marchais quelques pas derrière toi, j'avais noté que ta blouse ethnique n'était pas totalement opaque. Quant à ton pantalon, il épousait parfaitement tes formes. J'avais retenu un soupir de défaite. J'aime beaucoup trop tes cuisses. Mes jambes et ma robe ne faisaient pas le poids. Il n'y avait même pas de vent pour m'aider et faire voler le tissu. Il fallait être honnête, j'avais perdu la bataille vestimentaire.

De nouveau à ta hauteur, je m'étais promis de ne plus y penser.

Catherine, tu avais raison ! La ville est magnifique, à la tombée de la nuit. Les lampadaires éclairaient doucement les façades anciennes. Je trouvais que cela rendait les rues encore plus romantiques.

Je m'étais attendue à un cours d'Histoire et d'architecture en bonne et due forme, ce ne fut pas le cas. Tu n'étalais pas ton savoir, tu parlais peu. Tu te contentais de me guider vers ce qui était remarquable et nous laissais nous émerveiller en silence devant les charmes de la cité corsaire. Avais-tu donc appris récemment à respecter et admirer la simple beauté des choses ? C'était une nouvelle facette de toi qui me plaisait beaucoup.

D'une rue à l'autre, nous nous étions retrouvées sur le quai auquel était amarré L'Étoile du Roy. J'avais beau l'avoir visité le matin-même, cela ne m'avait pas empêchée de m'extasier à nouveau. Ta réplique avait été cinglante.

— Ce n'est qu'une reproduction pour touristes… Et tu n'es pas trop âgée pour ces histoires de pirateries ?

Cette vacherie fit mouche. Je te foudroyai du regard. Tu ne haussas même pas les épaules. Tu m'ignoras. Rien de plus, rien de moins. Bon sang, Catherine ! Comment ne pas aimer les pirates en vivant à Saint-Malo ? Tu es définitivement beaucoup trop cynique et terre à terre pour moi.

Je t'avais demandé pourquoi tu m'avais amenée ici si tu n'aimais pas. Cette fois, tu avais daigné hausser tes magnifiques épaules. Une des manches de ta blouse avait légèrement glissé, découvrant un peu plus de peau nue. Tu n'avais pas remis le tissu en place. J'avais jugé que nous avions bien fait de passer voir cette frégate.

Ton inexplicable aversion pour ce bateau mise à part, tu avais été un guide parfait. Tu étais parvenue à me donner l'impression que tu me connaissais bien. C'était, en tout cas, ce que tes choix de déambulations avaient laissé paraître. Bien loin des axes les plus touristiques, tu m'avais emmenée dans toutes les ruelles exiguës regorgeant de secrets, tu avais fait des détours par chacun des jardins dissimulés dans les cours de la vieille ville.

Et puis, il y eut ce moment. Cet instant un peu différent.

Nous étions sur le point de finir notre soirée sur la plage lorsque tu t'étais exclamée que tu avais failli oublier quelque chose.

Je crus que tu allais me prendre par la main pour m'entraîner à ta suite, tu semblas l'envisager mais stoppas ton geste à quelques centimètres de mes doigts. J'avais feint de n'avoir rien remarqué, pas tout à fait certaine de ne pas avoir rêvé. Et je t'avais suivie. Docile. Nous avions remonté une rue et gravi un escalier. Tu t'étais immobilisée. Je t'avais fixée en attendant la suite : tu semblais trop fière de toi pour qu'il s'agisse juste d'architecture. Je dois tout de même reconnaître que la maison était superbe. Il avait fallu attendre que je détaille la façade pour que je comprenne. À haute voix, j'avais lu la plaque : Maison Internationale des Poètes et des Écrivains.

Et toi, pour la première fois depuis que je te connaissais, tu avais senti le besoin de te justifier. Je n'ai pas retenu tes mots exacts, mais c'était quelque chose dans ce genre-là :

— Elle accueille toujours de nombreux travaux d'artistes, des expos photo, des lectures d'auteur. C'est un endroit que tu adorerais. Ça semble vétuste, mais c'est chaleureux. Là bien sûr, c'est fermé, ça perd son intérêt, mais voilà… J'ai pensé que tu aimerais connaître le lieu. Même si maintenant qu'on est devant, je me rends compte que c'était stupide…

Non, Miss. C'était tout sauf stupide. Pour une fois, ta voix n'était pas parfaitement claire, tu avais bafouillé. Pour une fois, tu semblais hésitante. Pour une fois, tu paraissais humaine.

Belle Catherine, si tu savais comme j'ai adoré ce moment ! Fragment fugace de simplicité et de bienveillance. Il m'avait donné envie de me jeter dans tes bras pour t'embrasser.

Oh, c'est vrai, je n'ai pas besoin de cela pour désirer te voler un baiser. Mais disons que ça avait contribué à faire grandir l'envie. Car c'était bien la première fois que tu agissais de la sorte. Un acte désintéressé, destiné seulement à me faire plaisir. Et le fait que tu aies pu te sentir idiote à l'idée de ne pas avoir réussi avait amplifié la chose. N'y vois rien de cruel, je t'assure. Cette nuit-là, devant cette vieille bâtisse, tu avais été extrêmement touchante.

J'avais d'ailleurs ouvert la bouche pour te le dire, mais tu ne m'avais pas laissée parler. De ce ton sec que tu maîtrises si bien, tu m'avais sommée de redescendre l'escalier pour que nous gagnions la plage. J'aurais pu te tranquilliser en t'assurant que ce détour m'avait beaucoup plu. Je ne l'avais pas fait, qu'importe mes raisons. Qu'importe puisqu'il y avait eu cette promenade au bord de l'eau.

Nous avions longé la côte en silence. D'un pas lent, traînant, nous flânions les pieds dans le sable, troublées uniquement par le murmure du ressac. Parfois, du lointain, la corne de brume d'un bateau me faisait sursauter, tandis qu'elle te troublait à peine. Perdue dans mes pensées, j'aurais pu déambuler ainsi durant des heures. J'aurais laissé la nuit s'étirer à l'infini, en ta compagnie, et attendu le petit matin. Nous aurions vu le soleil se lever, teinter les nuages d'un rose profond, illuminer la mer. Comme jadis, nous aurions goûté, ensemble, à ces premières minutes d'aurore. Te souviens-tu, dans les Balkans ? Lorsqu'encore ensommeillée, tu écartais le tissu prune de ta tente et que, non loin, j'accueillais ton premier regard. Tu recevais mon premier sourire. Assise dans l'herbe souvent humide de rosée, à la dérobée, je t'observais préparer ton café. Aurais-je de nouveau, un jour, l'opportunité d'assister à ce rituel du matin ?

Ce souvenir, ta présence et le murmure de l'eau m'avaient amenée à un autre fragment d'Albanie. Le moment où tout avait basculé. Le lac d'Ohrid. Qu'y avait-il eu ce jour-là, pour que le regard que je portais sur toi change à ce point ? Je réalise avoir à peine évoqué cette soirée dans ma lettre précédente, pourtant elle fut cruciale. Si je fus si avare en détails, Catherine, c'est sans doute car je ne m'explique toujours pas la majeure partie de ce moment. Je revois souvent la nuée de libellules qui voletaient à la surface du lac. Elles auront toujours une place spéciale dans mon cœur désormais. Elles sont associées à toi. Comme l'abeille le fut autrefois pour une jeune femme exceptionnelle.

Jusque-là, qu'il était doux et reposant de te détester ! Qu'il était délectable de ne point avoir besoin de ton affection ou ton approbation. Ce que tu pouvais penser ne m'atteignait pas, ce que tu ressentais était une chose abstraite…

D'ailleurs, à l'époque, j'étais encore persuadée que tu étais incapable d'éprouver le moindre sentiment. Avec le temps, cette certitude s'est étiolée, jusqu'à me laisser croire que tu avais un cœur. Quelle idiote je fais ! Maintenant, je ne sais pas, je ne sais plus. Tu as si souvent soufflé le chaud et le froid que je ne suis même plus certaine d'être capable de distinguer la sincérité. J'aimerais être en mesure de clamer que je regrette ce temps où il m'était si facile de te haïr. Mais ce serait mentir. T'aimer n'est pas facile, loin de là. C'est même tout le contraire. C'est fatigant, frustrant, épuisant. C'est troublant et peu valorisant. C'est angoissant aussi, d'une certaine manière. C'est désespérant, bien souvent. Et pourtant… Pourtant c'est magnifique. Vivifiant. Exaltant. Transcendant, presque. Et surtout, c'est ainsi. Incontournable. Inévitable. Immuable. Je me demande parfois si cesser de t'aimer, ce ne serait pas m'éteindre un peu. Je suppose que ce doit être ça, le véritable amour.

Ou la folie. Je te laisse le soin de juger.

Toujours est-il que tout cela, c'était ce qui m'était tombé dessus, cette soirée-là, près du lac. Ce déluge de sentiments m'a percutée de plein fouet. Je comprenais d'où l'expression coup de foudre prenait son sens. C'est à la fois sublime et effrayant. Dans les deux cas, parce que c'est inexplicable.

J'ai repassé cette scène dans mon esprit des dizaines de fois : jamais il n'y eut d'explications logiques. Rien de plus que le fait que tu aies été là, sur ce ponton, offerte à mon regard. Et pour la première fois, je t'avais enfin vue. Toi et toi seule, derrière le masque de froideur et d'arrogance.

À t'écrire ainsi, je réalise que j'ai tendance à enjoliver ton caractère. J'écris *masque de froideur et d'arrogance*, mais ce n'est pas vraiment ça. Ce n'est pas juste un masque, pas vrai ? Ce serait trop simple. Ça fait partie de toi. Mais disons que j'avais réalisé qu'il n'y avait pas que cela en toi. Tu es sans doute une garce, mais tu es forcément plus.

Je n'oublierai jamais l'éclat de tes yeux, sur la rive du lac. Et il y a toujours en moi ce frisson au souvenir de ton corps se glissant dans l'eau.

Une fois de plus, je repensais à cela… Mais ce soir-là, au lieu d'être seule chez moi, en proie à la mélancolie, j'étais sur une plage, à Saint-Malo, tu marchais à mes côtés. Pour la première fois depuis les Balkans, nous renouions avec ce qui s'était passé là-bas, avec cette étourdissante ambiguïté corporelle. Non, Catherine, ne me dis pas que j'ai rêvé, c'est impossible que je me trompe à ce point.

Parce que tu ne marchais pas parfaitement droit, toujours tes pas te ramenaient vers moi. Contre moi. Nos bras se frôlaient sans cesse, nos mains s'effleuraient souvent. À peine, du bout des doigts, assez tout de même pour que je frémisse au contact de ta peau. Tu faisais un pas sur le côté. J'avais trente secondes de répit. Et de nouveau, le tissu de ta blouse légère contre mon bras nu.

C'était ce qui m'avait poussée à évoquer le sujet. D'une voix tremblante, j'avais formulé une partie de mes pensées.

— Tu te souviens de la soirée au bord du lac d'Ohrid ? Lorsque nous regardions les étoiles…

Tu avais acquiescé sans prononcer un mot. J'avais attendu quelques minutes, espérant qu'une suite viendrait, il n'en fut rien. Tu avais lu ma lettre précédente pourtant, tu savais ce que ce souvenir évoquait pour moi. Ce qu'il signifiait aussi. Malgré tout, tu avais choisi de garder le silence. Je pense sincèrement que ce soir-là aurait été un bon moment pour en parler. Mais puisque tu semblais t'y refuser, que pouvais-je faire de plus ? J'avais fait du mieux que je pouvais pour cacher ma déception. Ma frustration, elle, avait pris la forme d'un soupir qui m'avait échappé. Peut-être t'en étais-tu aperçu, ou bien c'était le hasard. Toujours est-il que ce fut le moment que tu choisis pour poser ta main au creux de mon dos.

J'avais pensé que tu l'aurais vite retirée, assez pour que je me demande si j'avais rêvé. Tu eus la tendresse de prolonger le songe. C'est ainsi que durant de longues minutes, nous avions continué d'arpenter la plage, bien plus proches l'une de l'autre que la bienséance l'autorisait, tes doigts délicatement placés un peu au-dessus de mes reins. Je ne savais pas ce que ça signifiait, je ne savais pas si c'était une bonne idée, mais sur le moment, je crois que j'avais jugé que ça n'avait pas d'importance. En fait, je crois que j'étais heureuse.

Le bonheur est une chose fugace. Je savais que ça ne durerait pas. Je savais que tôt ou tard, tu retirerais ta main. Alors, indifférente au trouble dans lequel j'aurais été plongée, tu aurais repris ta route. Je regagnerais l'hôtel, le cœur en vrac.

Parce que ma clairvoyance ne m'avait pas totalement abandonnée, j'avais choisi de profiter du moment tant qu'il durerait, j'avais continué de marcher à tes côtés aussi longtemps que tu l'avais désiré. Mes mains, je les avais gardées bien sagement le long de mon corps, sans oser te donner un geste d'affection. Je suis pourtant certaine que dans la cambrure de ton dos, ma paume aurait su trouver sa place.

Tes doigts avaient glissé vers ma hanche, tu nous avais fait pivoter. Nous reprenions la direction des lumières de la ville. Jusqu'à ce moment, je n'avais pas réalisé que nous avions marché si loin.

Quelques mètres plus tard, ta main quittait mon corps. J'avais accepté cette fatalité à contrecœur. Puis dans la ville, nous nous étions dit au revoir. Ça avait été rapide et conventionnel. À peine un « j'ai passé une bonne soirée », suivi de son « ça m'a fait plaisir de te revoir ». Conclusion sur le classique « à bientôt, peut-être ». Banalités d'usage. Lieux communs affligeants. Pourtant, toi et moi, ne valons-nous pas infiniment mieux que cela ? Notre histoire ne mérite-t-elle pas un minimum d'efforts dans nos paroles ?

Oh, ça va ! Je sais, ma Belle ! Tu n'apprécies pas la qualification « notre histoire ». Mais n'y a-t-il pas plus important que des choix linguistiques ? Durant des années, des Balkans à cette soirée à Saint-Malo, tu m'as laissée douter. Tu m'as laissée envisager que, peut-être, je voyais des signes là où il n'y en avait pas. J'ai cru me faire des films, j'ai cru devenir folle. Tu n'as jamais daigné me détromper. Très bien. C'est ton droit. Mais dans ces conditions, moi, je m'octroie le droit d'utiliser le vocabulaire qui me plaira. Je garde « notre histoire ». Point.

Quoi qu'il en soit, malgré cet au revoir raté, je crois que je demeurais heureuse. Durant la première partie de la nuit, tandis que je rêvassais, les yeux fixés au plafond, j'avais réussi à me convaincre que je me réjouissais d'avoir retrouvé notre ambiguïté. Celle de nos corps qui se cherchaient, surtout.

Mais vers quatre heures du matin, l'insomnie aidant, mon cerveau avait bien voulu refonctionner normalement. Cette situation ne rimait à rien. Je ne savais pas ce que tu voulais. Je ne te comprenais pas. Il n'y avait qu'une explication valable : tu étais une sorcière qui m'envoutait et dont la présence me faisait perdre totalement la raison. Je ne retrouvais ma lucidité qu'en m'éloignant de toi. Bon, je te l'accorde Catherine, vu cette conclusion, lucidité n'est peut-être pas un terme approprié. Enfin, tu comprends ce que je veux dire… Il n'y avait aucune raison que je puisse me réjouir de ce contexte…

Tu vois, je te l'avais dit, le bonheur est une chose fugace. L'aube fut bien moins belle que ne l'avait été le crépuscule.

Mon mercredi fut fade. Le travail n'avait rien de passionnant. J'avais rencontré beaucoup de gens ennuyeux qui racontaient beaucoup de choses ennuyantes.

Je savais que j'allais partir le lendemain, ce départ devrait se faire sans aucune certitude à ton sujet. Mon humeur demeurait morose malgré le soleil éclatant.

J'avais passé la journée à espérer un message de ta part. Bien entendu, rien n'était venu. J'en avais conclu que la veille n'avait été qu'une parenthèse dans ta prodigieuse indifférence à mon égard. Je sais que j'aurais dû m'en contenter et en rester là, j'en fus incapable.

J'avais envie d'un meilleur au revoir. Je voulais aussi évaluer mes chances de te revoir sans devoir attendre deux ans de plus. Je sollicitai un dîner. Tu me le refusas. Pour une fois, ça avait eu le mérite d'être clair. Et logique.

Mais logique, tu avais été incapable de le rester. Un peu avant vingt-deux heures, mon téléphone avait sonné. J'avais répondu machinalement. Ta voix m'avait figée instantanément. Tu disais être à proximité de mon hôtel, tu me proposais de se retrouver au bar pour prendre un verre.

J'avais accepté.

Je t'avais retrouvée moins de dix minutes plus tard. Tu étais juchée sur un tabouret au comptoir, l'air ailleurs. Tu me tournais le dos, mais j'avais vite reconnu tes boucles brunes. Elles descendaient jusqu'au milieu de ta nuque, là où le col d'une veste noire prenait le relai. J'étais venue m'assoir à tes côtés et je t'avais souri. En guise de réponse, tu avais hélé le serveur pour commander un mojito. J'avais pris la même chose, jugeant à ta mine qu'un minimum d'alcool dans mon organisme ne serait pas superflu. Durant un bon quart d'heure, tu desserras à peine les mâchoires, te faire prononcer plus de deux mots d'affilée était un exercice laborieux.

Tu es pire que lunatique, Catherine. Si seulement tu m'expliquais quoi faire dans ces cas-là. Comment réagir lorsque tu manifestes l'envie de me voir pour finalement m'ignorer ?

À mesure que le contenu de ton verre diminuait, ta langue se déliait un peu. Bientôt, tu étais redevenue odieuse, cela me rassura. Tu critiquais le serveur que tu jugeais empoté, la malheureuse qui nettoyait les tables en prit aussi pour son grade. Tu n'épargnas pas plus l'homme d'affaires qui parlait trop fort au téléphone, se plaignant de tout. J'avais dû retenir un gloussement, cet homme, c'était toi au masculin. En moins sexy, ça va de soi. Tu te rends compte à quel point tu es pénible ? Je réalisai que ton insupportable arrogance m'avait presque manqué. C'est vrai, la veille, j'en avais pratiquement oublié que j'étais censée te trouver antipathique. Cet amour me fait perdre de vue l'essentiel on dirait… Pauvre de moi.

Ce qui se passa ensuite… J'hésite à en parler, à décrire. Comment le faire sans trahir un peu de l'instant ? Je me dis que nous savons déjà toutes deux ce qui se passa après ce mojito au bar, alors pourquoi y revenir ? Le problème, ma Belle, c'est que tu ne m'as pas vraiment laissé le choix. Ailleurs qu'ici, tu nous as privées de toutes les occasions de mettre des mots sur cette nuit-là. Oh et puis, je l'avoue, j'aime aussi jouer avec tes nerfs. Je sais d'avance que tu vas t'agacer et rien que pour cela, ça vaut la peine d'écrire. Je pourrais supposer que tu vas te contenter de sauter ce passage, prendre la feuille suivante de cette lettre interminable et échapper à ces souvenirs. Ah, Catherine, ma divine Catherine, pas de mensonges, nous savons toutes deux que tu ne le feras pas. J'ai compris depuis ma première lettre que j'avais finalement un minimum d'emprise sur toi. Tu as beau détester ce que tu as sous les yeux, tu ne peux t'empêcher d'en lire chaque mot. Ici, tu as beau te débattre, tu ne m'échappes pas. Ne te vexe pas, il n'y a bien qu'ici que j'ai cette emprise. Ailleurs, je te le concède, c'est tout l'inverse. Laisse-moi abuser un peu de ce délicieux pouvoir qui normalement est tien.

Mais revenons à ce mojito. Nonchalamment accoudée au comptoir, tu le sirotais avec délectation, jouant de temps à autre avec la paille. Je notai que durant une seconde, tu eus presque l'air d'une femme ordinaire. Presque. Durant une seconde. Puis ton regard revint sur moi.

— Donc tu repars demain ?

J'eus envie de te répondre que tu n'avais qu'un mot à dire pour que ce ne soit pas le cas. Je savais que ça n'aurait servi à rien et par miracle, je parvins à me contrôler.

— Vers quatorze heures, oui.

Je crus alors halluciner. À cet instant, il me sembla lire sur ton visage de la déception. Même encore aujourd'hui, même après tout ce qui en découla, je reste persuadée de n'avoir point rêvé : mon départ t'attristait.

Pourquoi Catherine ? Tu te fichais bien de moi, alors pourquoi ? Ce n'était pas comme si j'allais te manquer. Ou alors étais-je à ce point folle ? Folle de toi à en déraisonner en imaginant lire des sentiments qui n'existaient pas... Je ne le saurai sans doute jamais. Quoi qu'il en soit, quelque chose te troubla et ton regard noisette cessa de briller.

— Ne fais pas cette tête, on pourrait croire que je vais te manquer, ne pus-je m'empêcher de railler.

Je regrettai aussitôt mon élan de témérité. Tu me foudroyas du regard avec une telle colère à peine contenue que tu aurais aussi bien pu me gifler. Ce que tu peux être susceptible... Mais ce soir-là, je l'étais aussi. Je ne sais pourquoi, mais une rancœur amère noircissait mon cœur. En fait, si, je sais. J'étais à la fois terriblement triste et furieuse, ce qui ne fait jamais bon ménage. Le tout t'était destiné. Parce que je n'étais pas encore repartie et pourtant tu me manquais déjà. Parce que cela faisait presque quatre ans que je vivais avec cela, ce déchirant manque de toi. Et parce que tu t'en fichais. Ce qui était normal, on parle de toi. Mais voilà, ce soir-là, je t'en voulais d'être toi. Je saturais d'avoir entendu chaque détail de ta vie sans que jamais nous n'évoquions ce qui comptait vraiment. La certitude que tu jouais avec moi avait même fini par revenir. Elle était arrivée sournoisement, au fil des heures, s'installant peu à peu sans que je ne parvienne à la repousser. La faute aux boutons de chemisier ouverts, à la maison des poètes, à ta main au creux de mon dos. Alors j'explosai.

— Sérieusement, c'est quoi ton problème ?

Tu me regardas, interloquée, figée et silencieuse. Tu avais même cessé de jouer avec ta paille. Sous mon emportement, tu devins statue.

— C'est quoi ton problème ? avais-je répété en détachant chaque syllabe avec soin.

— Je ne comprends pas, Daphné.

Bien sûr que tu ne comprenais pas. Tu n'avais jamais rien compris. Tout ça n'était qu'un jeu pour toi…

J'eus envie de hurler, mais nous étions en public, alors je m'étais retenue. À cet instant, j'avais pensé une fois de plus que c'était fini pour de bon. Ce que je peux être naïve. Si je compte bien, en presque quatre ans, ce devait être la sixième fois que je pensais en avoir terminé avec toi. Pourtant, chaque fois, j'étais revenue. Je te reviens toujours. Tu es mon ultime faiblesse. Mais à cet instant-là – comme à chacun des précédents, cela dit – j'y avais sincèrement cru. Assez pour réussir à te faire ce que je pensais être mes adieux.

— Laisse tomber, c'est pas important. Je dois y aller. Prends soin de toi.

Je m'étais levée, je t'avais tourné le dos en m'épargnant le dernier regard, celui qui, à coup sûr, aurait achevé de me briser le cœur. J'avais à peine fait trois pas dans la salle et je sentais déjà la tête me tourner. Je savais que j'allais devoir prendre sur moi pour ne pas fondre en larmes avant de regagner ma chambre. J'avais atteint le hall sans rien voir du décor. Et dire pourtant que j'avais adoré chaque détail à mon arrivée. À cet instant, je n'en gardais plus qu'un souvenir amer.

L'amertume est une saveur qui te va bien, je trouve. Rude et désagréable… Et pourtant, dans certains cas, qui peut se révéler délicieuse. Un petit quelque chose qui fait qu'on y revient.

À ce moment précis, délicieuse, je ne trouvais pas du tout. Je n'avais même pas l'occasion de m'en soucier, je tambourinais avec ferveur sur le bouton d'appel de l'ascenseur. Chance ou malchance, il mit une éternité à arriver.

Alors, balayée par la saveur nouvelle d'une voix que je découvrais tendre et douce, la rudesse disparut.

— Daphné, je t'en prie… On ne va pas se quitter fâchées…

Ta main frôla le côté de mon cou, m'arrachant un exquis frisson, me forçant à me retourner.

L'ascenseur et ma fuite pitoyable perdirent instantanément tout leur intérêt. Tu me faisais face et tes doigts ne m'avaient pas quittée, je les avais sentis gagner mon épaule. Comme pour me prouver que j'en demeurais encore capable, j'avais relevé le menton pour confronter ton regard. Ce devait être l'ultime fois. Je sais pourtant que je ne dois jamais t'observer avec soin, j'ai conscience que tes yeux superbes sont une arme face à laquelle je suis sans défense. Ne parlons même pas de tes lèvres... Mais ta peau contre la mienne... Ça me tournait la tête. Et sur ton visage, pour la première fois, je lus que ce contact était parfaitement voulu.

Je sentais l'émotion me serrer la gorge. Je te connais trop bien, Catherine. Acculée entre l'ascenseur et ton sourire irrésistible, j'entrevoyais parfaitement la suite. Tu allais attendre que je te signifie que je n'étais pas fâchée. Tu allais attendre d'être certaine que j'étais encore à toi. En temps normal, j'aurais pu m'excuser, prétexter la fatigue ou une migraine. Tu aurais compris, m'aurais souhaité une bonne nuit, m'aurais fait la bise et naturellement tu aurais disparu. Tu aurais eu tout ce que tu voulais : mon amour et le dessus. Tu aurais été celle qui initie la séparation, comme toujours. Et je devrais être celle qui a besoin de retrouvailles. Nous fonctionnons ainsi, quelle folie avais-je alors de pouvoir espérer changer les choses ?

Ce que je ne comprendrai jamais, c'est pourquoi avoir besoin d'un amour dont, de toute évidence, tu ne veux pas ? Peut-être un jour répondras-tu à cette question ?

Quoi qu'il en soit, je résistais. Je ne m'excuserais pas et si je me mentais un peu, juste ce qu'il fallait, j'arrivais même à me convaincre que je me fichais que nous nous quittions fâchées. En fait, tout aller se dérouler comme ça aurait dû, comme ça se déroule toujours. Je ne faisais que repousser l'instant, même si je n'en avais pas conscience.

Tu attendais mon verdict, pas vraiment impassible, je me risquerai même à dire inquiète. Cela éveillait la garce en moi : je découvrais à quel point il était délicieux de détenir le pouvoir de décision, d'avoir ton rôle en somme. Ou du moins, d'en avoir l'illusion. Parce que je ne l'ai jamais réellement eu, pas vrai ?

Mais tu attendais ta réponse et je n'allais pas rester de marbre indéfiniment.

— Qu'est-ce que ça change que je sois fâchée ou non ?

La lassitude se fit entendre, plus que je ne l'aurais désiré. La logique aurait voulu que tu ne me répondes pas. Tu changeas les règles du jeu.

— Ça compte.

Je sentais la tension s'intensifier sans que je ne parvienne à en déterminer la nature. Tes yeux ne me quittaient plus. Et autour de nous, plus rien n'existait alors. C'était comme s'il n'y avait personne dans le hall, aucun bruit en provenance du bar, aucune musique d'ambiance. Juste toi et moi. Ça me rappela les Balkans. Encore. Nos baignades, la photo au bord du précipice, ta main dans la mienne, sur le parvis de l'église.

— Qu'est-ce que tu veux Catherine ?

Le temps s'étira à l'infini.

— Toi.

Ce mot avait à peine franchi tes lèvres que tu te

penchais vers moi. Je crus pour m'embrasser, mais non. Tu t'étais rapprochée pour atteindre le bouton et rappeler l'ascenseur. Je déglutis avec peine. Je crus défaillir. Avais-je rêvé ? Avais-tu réellement répondu cela ? Était-il vraiment possible que tu viennes d'avouer vouloir de moi ?

Je pensais alors que mon cerveau avait dû me jouer un mauvais tour : j'avais forcément mal compris. Tu avais dû répondre « rien » et désormais, tu appelais l'ascenseur pour me renvoyer dans ma chambre et te débarrasser enfin de cet amour trop encombrant qui ne t'amusait plus. Alors que j'imaginais ce scénario, une part de moi te remerciait. C'était cette humiliation qui m'offrirait la possibilité de me détacher de toi.

Mais je n'avais pas mal compris. Pour une raison qui m'échappait, tu me voulais. Moi. Je le réalisai quand je vis combien ton regard avait changé. Il s'était assombri. Il me semblait pouvoir y lire mille promesses, du genre de celles qui sont beaucoup trop tentantes…

Les portes de l'ascenseur s'ouvrirent ; moi, je ne savais plus que faire. Si j'entrais, je te quittais. Et après ? Par chance, toi, tu savais. Tu savais pour deux. Et ce que tu voulais allait bien au-delà de mes espérances. Tu n'hésitas pas une seconde de plus, tu me poussas dans l'ascenseur et t'y engouffras à ma suite.

Je ne compris pas tout de suite. Si tu montais avec moi… Les portes closes, mes neurones se remirent à fonctionner un peu. Après toutes ces absences, toutes ces fuites, allions-nous vraiment nous trouver ? Je pensais venu le moment de nous embrasser. Encore une fois, tu n'en fis rien. Et moi, trop habituée à te voir te dérober, je ne pouvais prendre l'initiative. La tension entre nous était à son comble, palpable, électrique. Nous nous dévorions des yeux sans aucune retenue, soutenant le regard de l'autre dans l'attente de ce qui allait suivre.

L'ascenseur tressauta, les portes se rouvrirent. Je sursautai. Tu restas impassible. C'était mon étage et je ne me souvenais même pas l'avoir sélectionné. J'avais tout oublié déjà. Les détails, la dispute, mes bonnes résolutions. Tout. Tout ce qui n'était pas ton regard brûlant, sur moi.

Nous sortîmes d'un même mouvement, ma chambre était presque en face. J'avais du mal à respirer désormais, mais je n'en laissais rien paraître. Je ne te faisais pas assez confiance pour te dévoiler mes faiblesses, pour t'avouer combien j'avais envie de toi. Même si tous les signaux étaient clairs, je n'irais pas plus loin. Cela devait venir de toi. Mais tu avais déjà compris tout cela, n'est-ce pas ? Dès l'instant où j'avais quitté le bar, tu avais su que tu risquais de perdre ton emprise sur moi ? Qu'un ultime soupçon d'amour propre venait m'arracher à cet amour douloureux pour toi ?

Et enfin, tu abandonnas. Tout. Les doutes, les barrières, les préjugés, que sais-je encore… Tu cédas, tu m'embrassas.

Avec fougue, tu m'attiras à toi et trouvas ma bouche,

je ne me fis pas prier. J'eus à peine le temps de goûter à la saveur de tes lèvres que, déjà, ta langue forçait le barrage des miennes. Je les desserrai avec empressement. Ce baiser à lui seul me comblait tellement que j'aurais pu m'en contenter. Je nous imaginais parfaitement passer des heures à nous embrasser. Tu avais d'autres projets, des projets plus osés. Plus directs aussi.

Je me demande parfois, avec le recul, si je n'aurais pas dû essayer de te freiner un peu, si je n'aurais pas dû tenter de nous accorder plus de temps.

Ai-je abusé de ton abandon soudain? Si intense qu'imprévisible. Si tu le vois ainsi, pardonne-moi Catherine. Mais tu n'es pas une femme à qui l'on peut dire non, tu le sais très bien. Tu m'aurais foudroyée sur place, si j'avais tenté de mettre un frein à tes ardeurs. Je n'en avais de toute façon aucune envie, la question n'est pas là. C'était inattendu, et peut-être même que c'était une mauvaise idée, mais c'était une idée qui me plaisait beaucoup trop.

Je ne regrette rien. J'ai savouré chaque instant où je pouvais goûter à ta peau. À toi, enfin. Et pourtant, j'aurais aimé que cela se passe autrement.

À peine la porte de ma chambre d'hôtel entrouverte, tu t'y engouffras et m'attiras à toi, sans ménagement, comme mue par une urgence qui me dépassait. J'eus l'impression que chaque seconde nous serait comptée; d'une certaine façon, ce fut le cas. Alors, je décidai de composer avec ton impétuosité soudaine. Je mis de côté la façon dont j'avais si souvent rêvé cette scène et je m'abandonnai à ton désir, m'offrant toute entière à tes envies. Car c'était là le plus important de toute façon : te combler pour que tu n'oublies pas cette nuit. Pour que tu ne m'oublies pas.

Je tentai d'allumer une lampe, d'un geste tu m'en empêchas. Je voulus protester, mais par peur de te voir fuir ne le fis pas. Même à cet instant, même sur le point de gagner mon lit, d'une certaine manière tu te refusais encore à moi… Tu m'empêcherais de te voir, je te distinguerais tout au plus. Pourtant, comme j'aurais aimé admirer chacune de tes courbes, me saouler aux délices de chaque parcelle de ton corps. Je voulais te contempler amoureusement pour me souvenir de chaque détail, je voulais te dire combien tu étais belle, je voulais prendre le temps de te découvrir. Tu ne voulais rien de tout ça.

Dis-moi, Miss, es-tu ainsi avec tous tes amants ? Ou alors cette précipitation dénuée de tous sentiments m'était-elle réservée ? Non, ne réponds pas, je crois finalement que je préfère l'ignorer. Tu comprendras pourquoi…

Quoi qu'il en soit, tes mains glissaient le long de mon dos et c'était tout ce qui devait compter. Je fus sans doute maladroite, mais après tant d'années à te désirer si ardemment, je ne savais alors plus que faire. Ta façon de te jeter sur moi comme si ta vie en dépendait me troublait aussi, plus que je ne voulais l'avouer.

Mais c'était toi, Catherine. Ton audace, ton caractère et ta volonté derrière cette fougue. Il m'apparut soudain que tu n'aurais pu faire l'amour autrement. Je pensai un instant avoir d'autres occasions de t'apprendre la douceur. Je cessai de trembler. C'était toi, celle que j'aimais plus que tout, c'était nos corps qui se trouvaient enfin. Je n'avais plus à douter, l'alchimie était là. Alors j'adoptai ton rythme.

Je plaquai ma bouche à tes lèvres et te serrai à moi. Je te sentis tressaillir dans mes bras, je n'avais besoin de rien de plus. Tes mains glissèrent le long de mon dos et vinrent pétrir mes hanches au terme de leur délicieux voyage. J'eus à peine le temps de réaliser et déjà ton soutien-gorge était à tes pieds. J'aurais aimé te l'ôter moi-même, mais je dus m'en contenter. Tes seins m'étaient offerts désormais, c'était une compensation amplement suffisante. Ma robe valsa, le reste de nos vêtements aussi. Le lit nous accueillit enfin. J'avais craint que tu ne protestes, mais tu me laissas te surplomber, et ce fut le seul instant où, malgré l'obscurité, j'eus, quelques secondes durant, le loisir de te regarder. De te regarder vraiment. La courbe de tes épaules, lorsqu'elle n'était plus coupée par le tissu inutile d'un vêtement, me paraissait encore plus sublime. Je voulus attraper ton regard, tu le détournas presque. Je crus alors que tu doutais. De tout mon être, je ne désirais que le contraire. Mais je m'apprêtais à nous stopper, par avance je me détestais.

Tu m'évitas cette peine. Tes yeux revinrent vers les miens, brillant de ce qui me sembla être une confiance outrageuse. Tu nous plaquas davantage l'une à l'autre, je fondis enfin vers ton cou, l'embrassai à pleine bouche. Ton parfum vint me chatouiller, fort et enivrant. Des feuilles de thé et de verveine, peut-être du jasmin, une note de plus que je ne sus pas reconnaître. Je voulus te serrer à moi jusqu'à ce que ma propre peau adopte ces fragrances. Par chance et pour une fois, tu étais plus que consentante.

Le reste, n'y revenons pas.

Tout fut parfaitement coordonné, délicieusement troublant, merveilleusement passionné.

Aujourd'hui, il n'en reste que des souvenirs, à la fois précis et pourtant si flous. Une trace humide laissée par ta langue entre mes seins, le goût de ta peau sur mes lèvres, la chaleur de nos cuisses mêlées. J'entends encore parfois ta voix résonner dans mon crâne. Je ne parviens pas à estomper ta respiration rauque et saccadée, elle qui te rendit encore plus incroyablement sexy que tu ne l'étais déjà… Et quand les nuits de printemps sont chaudes et capiteuses, j'ai parfois l'impression de pouvoir encore sentir ton souffle balayer mon corps.

Mais toutes les choses ont une fin. Bientôt, je n'eus plus d'autre choix que de fermer les yeux. Tu avais fini par t'allonger à mes côtés, bien entendu tu me tournais le dos. J'avais tellement de choses à te dire. Je les gardai toutes pour moi. Je ne sais pas si j'aurais dû rompre le silence, je n'en avais de toute façon pas la force. Psychologiquement, sentimentalement, physiquement, tu m'avais épuisée. Demain, avais-je pensé.

Je déposai un tendre baiser sur ta nuque et m'abandonnai au sommeil, parfaitement heureuse enfin. Pour la première fois, je goûtais au bonheur de m'endormir près de toi…

Et puis, il avait fallu que je me réveille. J'avais quitté le sommeil comme arrachée à un rêve. Aucun songe nocturne pourtant, seulement les souvenirs…

Quand le soleil était venu caresser ma joue, je m'étais étirée en douceur, encore entourée et bercée de cette incroyable torpeur qui m'avait happée la veille. Qui nous avait happées. Je crois. J'aurais voulu me tourner vers toi, poser un tendre baiser sur tes lèvres, recevoir ton sourire comme première vision au réveil, mais évidemment, je n'avais pivoté que vers un lit laissé vide. Ça ne m'avait pas étonnée, comment aurait-il pu en être autrement ? Comment imaginer un seul instant que tu aies pu être endormie à mes côtés, que tu aies pu imaginer un réveil câlin et une journée en tête à tête ? Tu avais dû t'enfuir sitôt que je m'étais endormie, peut-être en regrettant déjà ce qui venait de se passer dans cette chambre. Avais-je été une expérience ou une erreur ? Triste question au lever, d'autant plus qu'il n'y avait aucune bonne réponse : soit tu m'avais menti, soit tu mentais à toi-même et ton départ nocturne n'était que ta propre fuite de ce que tu étais…

Pourtant, je n'avais ressenti aucune aigreur face à ce constat, comme toujours, je te pardonnais. Et puis, je n'avais pas oublié combien en m'endormant je m'étais sentie heureuse. À voir ma solitude désormais, j'aurais pu croire avoir uniquement rêvé, mais ton parfum inondait toujours nos draps. L'oreiller, la couette et même ma peau, il m'avait semblé que tout sentait encore les feuilles de thé, fragrance entêtante et étourdissante qui te maintenait encore un peu dans mes bras.

Catherine, avais-tu su en passant la porte au beau milieu de cette nuit-là que tu me laisserais dans un tel état ? À la fois comblée de nos étreintes, pleinement satisfaite de ta reddition –si brève fût-elle – et déjà étourdie par le manque, le manque de toi ?

J'avais essayé de t'appeler, en vain. Je n'avais pas pris la peine de discuter avec ta boite vocale, je savais que ça n'aurait servi à rien. Je ne pouvais ni te brusquer ni exiger une explication. Tu n'es pas le genre de femme dont on peut exiger quoi que ce soit. Demander ou proposer, c'est déjà avec toi à la limite de ton seuil de tolérance.

Alors, les larmes aux yeux, sans savoir si je pleurais de tristesse ou de joie, sans savoir dans combien de temps je te reverrais, ni même si je te reverrais vraiment, j'avais quitté ma chambre en fin de matinée. Conformément à ce que je t'avais dit la veille, j'avais attendu jusque quatorze heures au bar. Au cas où l'idée folle de venir me dire au revoir se serait imposée à toi. De toute évidence, ça n'avait pas été le cas.

J'avais repris ma route. Mes adieux avec la cité corsaire furent déchirants. J'avais eu deux jours pour décréter que *ta ville* était ma ville préférée. Je vous quittais toutes deux à regret.

Presque quatre mois se sont écoulés depuis Saint-Malo. J'aurais aimé que nous revenions sur cette nuit-là. J'aurais aimé comprendre ce qui t'avait poussée dans mes bras, puis ce qui t'avait fait fuir. Plus tard, à mon « On devrait vraiment parler, je crois. », tu as simplement répondu non. Pour une fois, c'était on ne peut plus clair.

Je me suis promis de respecter ton choix. Raison pour laquelle, depuis cette nuit-là, je ne suis pas revenue sur le sujet. J'ai pensé faire comme si rien n'avait changé, comme si rien ne s'était passé. J'ai essayé, vraiment. Mais c'est impossible. Comment oublier ton odeur, ta peau et tes baisers ? Comment oublier que, même brièvement, il y eut un moment où tu voulus de moi ? On n'oublie pas le goût du bonheur.

Je sais qu'un jour je vais céder, il me faudra t'en parler. Cette lettre le fait à moitié. Ici, c'est un terrain neutre.

Si tu ne m'avais pas retenue dans ce hall d'hôtel, cette lettre n'aurait peut-être pas vu le jour. Ou du moins, elle aurait été plus courte. Elle aurait sûrement été la dernière. Désormais, je ne crois pas. Ma fièvre pour toi demande l'écriture.

Tu sais, Catherine, malgré tout, malgré toi surtout, je reste fidèle à ce que je suis, à ce que je ressens. Je garderai l'espoir, je garderai cette soif d'amour. Cette soif qui m'affaiblit parfois, mais qui m'exalte souvent.

« Je veux encore rouler des hanches, je veux me saouler de printemps.

Je veux m'en payer des nuits blanches, à cœur qui

bat, à cœur battant.

Avant que sonne l'heure blême, et jusqu'à mon souffle dernier,

Je veux encore dire je t'aime, et vouloir mourir d'aimer. »

Oui Catherine, Barbara encore. Que veux-tu, mon admiration pour elle est proche de mon amour pour toi. Ces quelques lignes viennent de *La Solitude*, une chanson parfaite pour finir cette lettre. Je ne peux pas t'écrire chaque vers ici, mais accorde-moi une faveur. Écoute-là pour moi. Ou mieux encore, écoute-là en pensant à moi. En songeant à cette solitude qui me trouva dès que tu te fus enfuie de l'hôtel. Te trouva-t-elle aussi ?

Lorsque je t'écrivais la dernière fois, je te faisais mes adieux, persuadée de ne plus te revoir. J'avais tort. Ici, je suis tentée de te dire à bientôt. J'espère ne pas encore me tromper.

Il me faut achever cette lettre désormais. Après des jours à t'écrire, mettre le point final me semble étrangement douloureux.

Ça va être ton anniversaire, je ne l'oublie pas. L'an dernier, je te parlais des fleurs que je n'envoyais pas, je ne savais pas lesquelles choisir. Cette année, c'est différent. Ou en tout cas, il faut que ce le soit. Ce bouquet, il faut que je me décide… Au départ, je pensais prendre des lys blancs. Pas spécialement pour leur signification, mais pour leur parfum. Pour leur ambiguïté dangereuse : cette senteur qui plait, attire, fascine. Qui monte à la tête et étourdit lorsqu'elle est trop intense. Cela te convient bien, je trouve…

Mais je crois que tes fleurs préférées sont les roses rouges, non ?

En un sens, ce n'est pas mal non plus. Elles peuvent blesser… Mais puis-je vraiment t'offrir le symbole suprême de la passion ?

Ton départ et ton mutisme semblent dire que non… Je vais devoir choisir une autre couleur. Ou faire un mélange…

Ce n'est pas gênant…

Avec les roses, il y a quelque chose de bien. Même les blanches ont des épines.

Découvrez un extrait de la troisième lettre…

Catherine,

Tu sais, je crois que nous avons eu tort, au printemps dernier. Je crois que nous aurions dû nous quitter fâchées. Je pense que, pour une fois, tu dois être de mon avis…

C'est une bien triste façon de commencer ma lettre. Je n'ai pourtant pas trouvé comment faire autrement.
Mais ce que nous avons fait, cette nuit-là…

En fait, je ne comprends pas. Je ne comprends rien et tu refuses de m'expliquer.
Ces baisers, ces étreintes, ces presque-aveux…

N'ont-ils pas existé pour nous rapprocher ?
Normalement, c'était bien cela, non ? J'avais pensé que nous nous trouvions enfin.
Alors pourquoi cela nous a-t-il éloignées ? J'ai souvent cru ne plus te revoir, j'ai souvent craint que tu ne cesses de te dérober. Pourtant, il n'y a que depuis cette nuit-là que je semble t'avoir définitivement perdue.

Je n'arrive pas à savoir à laquelle d'entre nous j'en veux le plus.
Toi ou moi ?

Remerciements

Merci à toutes les personnes ayant contribué à l'élaboration de ce roman. Entre le manuscrit et le livre, les étapes sont nombreuses et beaucoup ont travaillé à mes côtés ! Il aurait donc été impensable de ne pas les citer et les féliciter pour leurs admirables participations :

Couverture – Réalisation technique : Benoît Crépin et Sébastien Poulmane.
C'est toujours un réel plaisir de travailler avec vous deux. Merci pour ces couvertures qui donnent vie aux livres.

Corrections et relecture : Marie-Laure.
Merci pour tout ce temps si généreusement accordé. Merci pour le travail colossal et la bienveillance.

Relecture et versions alternatives : Axel
Merci pour les fous rires qui m'ont souvent remotivée.

Merci à celles et ceux ayant accepté de rejoindre *Le Labo,* vos avis sont précieux.

Merci à Etoile Marine Croisière, propriétaire de L'Etoile du Roy, qui prit le temps de répondre à ma question d'accord sur le genre des bateaux.

Merci à l'adorable bénévole (dont j'ignore malheureusement le nom) de La Maison Internationale des Poètes et des Ecrivains. Merci de nous avoir si bien accueillis alors que j'étais de passage en mai et de m'avoir donné l'envie de rajouter cette scène.

Merci à BoD de rendre cette forme d'édition possible. Merci pour les précieux conseils lors des ateliers.

Merci au groupe des auteurs BoD, pour tous vos conseils et vos anecdotes qui jalonnent désormais ma vie d'auteur.

Du même auteur :

Fleurs de Vie
Poésie - 2014

J'avais pensé envoyer des fleurs
Lettre 1 - 2015

Maryse, tome 1
Roman - 2016

Maryse, tome 2
Roman - 2016

Suivez l'auteur sur les réseaux sociaux :
https://www.facebook.com/FloreAvelinEcrivain/